AF318114

L'AMOUR

ET

LA FOLIE,

OPÉRA COMIQUE,

EN TROIS ACTES,

EN VAUDEVILLES ET EN PROSE.

Représenté par les Comédiens Italiens Ordinaires du Roi, le Mardi 5 Mars 1782.

Prix 1 liv. 4 fols.

A PARIS;

Chez BRUNET, Libraire, rue Mauconfeil, à côté de la Comédie Italienne.

M. DCC. LXXXII.

PERSONNAGES.

<table>
<tr><td>L'AMOUR.</td><td>Mme Billoni.</td></tr>
</table>

L'AMOUR.   Mme Billoni.

LA FOLIE.   Mme Dugafon.

MERCURE, *fous la figure du Bailli.*   M. Roziere.

LISETTE.   Mlle Desbroffes.

SUSETTE.   Mlle Carline.

BASTIEN.   M. Dorfonville.

JULIEN.   M. Philippe.

BOBIE.   Mme Gonthier.

LUCAS.   M. Meunier.

LE BEDEAU.   M. Trial.

JEUNES GARÇONS.

JEUNES FILLES.

VIEILLARDS.

VIEILLES.

La Scene fe paffe au Village.

L'AMOUR
ET
LA FOLIE.

ACTE PREMIER.

Le Théatre repréfente un bocage garni de lits de gafon, & parfemé d'arbres, fous lefquels Baftien & Julien font affis au lever de la toile. L'un & l'autre jouent de la mufette, & chantent l'air fuivant.

SCENE PREMIERE.
BASTIEN, JULIEN.

BASTIEN.
Air : *C'eft pour Lifette.*

C'EST pour Lifette
Que ma mufette
Va former des fons nouveaux.

A

ENSEMBLE.

C'eſt pour { Suſette.
{ Liſette.

Que ma muſette

Va former des ſons nouveaux.

BASTIEN.

Viens, cruelle,

Ma voix t'appelle

Sous ces ormeaux :

Ma brunette,

Tout répete

Dans le fond de ces côteaux.

ENSEMBLE.

C'eſt pour, &c.

(*Lucas arrive, reſte dans le fond, & ſe moque d'eux*).

BASTIEN.

Ah ! pourquoi vous défendre,

Objets charmans ?

C'eſt au printems

Que vos cœurs doivent ſe rendre.

Écoutés,

Imités

La ſenſible colombelle ;

Chaque jour auprès d'elle

Nous faiſons dire aux échos...

(*On entend de loin un Chœur de Bergers, dont la voix ſe mêle à celle de Baſtien & de Julien. Ils approchent peu-à-peu, & arrivent en jouant de la muſette*).

Bastien, Julien, Bergers.

C'est pour { Susette,
Nicette,
Lisette,
Juliette,
Collette,

Que ma musette
Va former des sons nouveaux.

SCENE II.

BASTIEN, JULIEN, LUCAS, BERGERS.

Lucas.

Air : *J'voulions tout' vous dir' queuqu' chose.*

EH ! morbleu, voulés-vous plaire ?
Choisissés un autre ton,
Ou bien renoncés à faire
Ta, la, la, la, la, la, la, &c.
La conquête d'un tendron.

Bastien.

Air : *Champenois.*

Ailleurs, dit-on, les plus rebelles
Devancent l'âge de l'amour.

Lucas.

Les vôtres dansent tout le jour,
Tout le jour faut danser comme elles.
Pour triompher de leurs appas,
Il n'est besoin que d'un faux pas.

A ij

BASTIEN.

Vous croyés ?

LUCAS.

Air : *Paissés, petits moutons.*

L'amour languit & meurt au fein de la tristesse.
Oui , dès que l'ennui
Se glisse chez lui ,
Serviteur à son aimable ivresse.

BASTIEN.

Eh ! quoi ? pour être heureux, faut-il danser sans cesse?
C'est par mes desirs ,
Mes brûlans soupirs
Que je veux attendrir ma maîtresse.

LUCAS.   BERGERS.

L'Amour languit, &c.   Eh quoi! pour être, &c.

L'AMOUR *dans la coulisse*

Air : *Hélas ! tu t'en vas.*

Ahi ! Ahi !

LUCAS.

J'entends pleurer....

L'AMOUR.

Ahi , ahi , ahi....
On me gronde , on me chasse ,
C'est bien inhumain.

LUCAS.

Savoir.
(*L'Amour paraît déguisé en marchand , & chargé
d'un pannier rempli de flacons.*)

SCENE III.

Les mêmes. L'AMOUR.

L'Amour.

Suite de l'air.

Ahi, ahi, ahi, ahi, ahi....
Quel deftin !
Quel chagrin !

Lucas.

Air : *De la bonne aventure.*

Si quelqu'un, mon cher enfant,
Vous a fait injure,
Contés-nous votre tourment.....

L'Amour.

Ce mot me raffure.,..
Mais hélas !

Chœur.

Il faut parler,
On pourra vous confoler.

L'Amour.

La bonne aventure
Ogué !

Chœur.

La bonne aventure.

Lucas.

Air : *Pour vous, Philis, j'aurois deffein.*

Vous avez l'œil vif & frippon.

L'AMOUR.

Et mon cœur eſt dans la détreſſe.

LUCAS.

Votre douleur nous intéreſſe ,
Parlés , comment vous nomme-t-on ?...
Vous héſités !... point de myſtere ,
A l'inſtant même, inſtruiſés-nous.

L'AMOUR.

Si je le dis, qu'allés-vous faire ?
Si je me tais, que direz-vous ?

BASTIEN.

Sa réponſe eſt ſuſpecte.

LUCAS.

Air : *Du ſerin qui te fait envie.*

Vous vous plaignés que l'on vous chaſſe ;
Mérités-vous ce traitement ?

L'AMOUR.

Pour quelques tours de paſſe-paſſe ,
Doit-on ſubir ce châtiment ?

LUCAS.

Par de tendres eſpiégleries ,
Aimés-vous à vous ſignaler ?
Nos filles ſont aſſés jolies,
Et vous aurés à qui parler.

BERGERS.

Paix donc.

LUCAS.

Et vous aurés à qui parler.

L'Amour.

Air : *Pour un maudit péché.*
Au fond de ce féjour
Je viens à la fourdine,
Et je veux, à mon tour,
Y régner fans retour.

Lucas.

Eh mais !... à votre mine...
C'eft clair comme le jour,
Et fans peine on devine
L'amour.

Jeunes Garçons.

Quoi ! c'eft vous !
Quoi ! c'eft vous !
Eh vîte, fervés-nous.

Lucas.

Air : *Tu croyois en aimant Collette.*
Mais vôt' parure eft finguliere...

L'Amour.

Selon mes vœux, mes intérêts,
Soit ici bas, foit à Cythere,
Je change mon âge & mes traits.

Air : *Du Vaudeville de Florine.*
La Folie, au gré de vos filles,
Me prive ici de tous mes droits ;
Les plus jeunes, les plus gentilles,
Ne reconnaiffent que fes loix.
Mais, dès ce foir, j'ofe le dire,
Mon pouvoir fera rétabli ;

A iv

Et fi l'on m'ofe contredire,
J'enflamerai jufqu'au Bailli.

LUCAS, JEUNES GARÇONS.

Ah ! qu'c'eft bien fait !
Ah ! qu'c'eft bien fait !

L'AMOUR.

Je n'ai ni fleches, ni carquois, & c'eft avec d'autres armes que je veux réduire vos inhu‑maines.

LUCAS.

Air : *Lifon dormait fur la verte fougere.*

Votre projet
Me ravit & m'enchante,
Mais en effet
Ce pannier me tourmente :
Parlés, je fuis difcret.

BERGERS.

Au fait.

L'AMOUR.

Au fait ?

ENSEMBLE.

Apprenés‑nous votre fecret.
Je vais vous dire mon fecret.

(*On lui aide à fe débaraffer de fon pannier*).

L'AMOUR.

Si j'avais paru fous mon habit ordinaire, vos maîtreffes m'auraient reconnu, & la Folie l'aurait emporté.

L u c a s, *prenant une bouteille dans la hotte.*

A coup sûr. (*Il lit*). *Eau de beauté ?*

L'A m o u r.

Juſtement.

L u c a s.

J'en retiens une bouteille pour ma femme.

B e r g e r s.

Air : *Ça n'dur'ra pas toujours.*

Le teint de nos maîtreſſes
N'a pas beſoin d'atours :
Jamais à vos fineſſes
Leur fraîcheur n'a recours.

L'A m o u r, L u c a s.

Ça n'dur'ra pas toujours,
Ça n'dur'ra pas, &c.

L'A m o u r, *prenant une autre bouteille.*

Eau de ſageſſe.

L u c a s.

En vendés-vous beaucoup ?

L'A m o u r.

Une cuillerée tous les dix ans.

L u c a s.

On s'en apperçoit.

L'A m o u r, *prenant une autre bouteille.*

Eau calmante.

L u c a s.

Quelle eſt ſa vertu ?

L'Amour.

Air : *Ah! Colin, je serai cruelle.*

Des rofiers que ma main cultive,
Elle devait arrêter les progrès ;
Mais ma foi leur feve trop vive
Trompe mes foins, dérange mes projets.
Et la rofe, avant la faifon,
  Se preffe d'ouvrir,
  Se hâte d'offrir,
  Se preffe d'ouvrir
  Son bouton.

Bastien.

Air : *En mariage, ma Mere.*

A l'objet qui m'intéreffe
Cachez bien cette liqueur.
Plus je veux toucher fon cœur,
 Fixer fon ardeur,
 Fléchir fa rigueur,
Plus il brave ma tendreffe.

Bergers.

Il eft lent, fi lent, fi lent, fi lent.
Qu'il faut nous faire préfent,
  Vraiment,
D'un topique différent.

L'Amour, *prenant une Bouteille.*

J'ai ce qu'il vous faut.

Bergers.

Voyons, voyons.

L'Amour.

Et je ne l'emploie que dans les cas extraor-
dinaires.

Bastien, *lisant.*

Préservatif contre l'amour!.. Vous vous trompez.

L'Amour.

Eh! point du tout; c'eſt pour mieux les attraper.

Julien.

Bon !

Lucas.

Air : *Paris eſt au Roi.*

Je ſuis curieux ...

L'Amour.

C'eſt du merveilleux.

Lucas.

Pourſuivez. ...

L'Amour.

Mais jurez
Que vous vous tairez.

Lucas, Bergers.

Oui, nous nous tairons,
Nous vous le jurons.

L'Amour.

Souvenez-vous-en bien;
C'eſt pour votre bien.
Ma recette
Eſt parfaite;
Et dès qu'une fille en prend,
Son œil brille,
Son cœur grille

D'avoir un Amant,
Alerte & fringant ;
De le careffer,
Puis de l'embraffer.

LUCAS, BERGERS.

Comment ! de l'embraffer !

L'AMOUR.

Oui, de l'embraffer.

LUCAS, BERGERS.
Ah, quel élixir !

L'AMOUR.

Il va vous fervir...
Mais, mais ....

LUCAS, BERGERS.

Nous nous tairous,
Nous vous le jurons.

LUCAS.

Quoi ! vous parlez férieufement ; & drès qu'une
fille en a bu ? ...

L'AMOUR.

Elle a une envie, une fureur d'embraffer, à
laquelle il lui eft impoffible de réfifter.

Air : *Ah ! Maman, que je l'ai échapé belle !*

C'eft ainfi que j'attrape une Belle ...

LUCAS.

Oh ! le fin matois ! ...

L'AMOUR.
En tapinois

J'entre chez elle :
Le coup part, on me cherche querelle ;
Mais le cœur fourit,
Et bientôt j'en fais mon profit.

JULIEN.

Quand on a le cœur de fa Bergere,
De quelle façon
Acheve-t-on
De lui complaire ?

L'AMOUR.

Nigaud ! la belle demande à faire ;
Le defir eft là,
Prends-le pour maître, il t'inftruira.

JULIEN.

Sans délai, terminez notre affaire ;
On dit que fouvent
On perd l'inftant,
Quand on differe.

BERGERS.

Sans délai, terminez notre affaire,
Car je fuis preffé,
Mais très-preffé
D'être embraffé.

L'AMOUR.

Air : *Des Fleurettes.*

C'eft ici que vos Belles
S'enflameront pour vous.

BASTIEN.

Que nous recevrons d'elles
Les baifers les plus doux.

JULIEN.

Nous allons en fentinelle
Attendre ces baifers-là.

LUCAS.

Lorfque l'on commencera,
Que l'on m'appelle.

BASTIEN, *à l'Amour.*

Air : *Mes Enfans, après la pluie.*

S'il le faut, doublez la dofe
De cet anodin fripon.

LUCAS.

Si j'étais chargé de la chofe,
Ah ? comme il y ferait bon !

L'AMOUR.	BERGERS.
Non, non,	Non, non,
Plus de pardon,	Plus de pardon,
Je faurai doubler la dofe,	Doublés, redoublés la dofe,
Non, non,	Non, non,
Plus de pardon,	Plus de pardon,
J'emploirai tout le flaçon.	Employés tout le flaçon.

JEUNES FILLES, *dans la couliffe.*

Air : *Eh! gai, gai, &c.*

Eh ! gai, gai, gai, légeres
Bergeres ;
Nuit & jour,
Nargue de l'amour.

LUCAS.

Les voici.

L'AMOUR:

Eh vîte, aidez-moi à cacher mon pannier.

B ASTIEN.

Vous reviendrez?

L'A MOUR.

Quand j'aurai fait ma ronde ; mais à condition
que vous préparerez mon triomphe, & que jus-
qu'à mon retour vous vous amuferez à leurs dé-
pens.

JEUNES GARÇONS.

C'eſt dit.

LUCAS.

Et j'vais commencer.

(*Ils prennent le pannier de l'Amour, & fortent avec
lui. Lifette & Sufette arrivent à la tête des jeunes
Filles*).

SCENE IV.

LISETTE, SUSETTE, LUCAS,
JEUNES FILLES.

JEUNES FILLES.

EH! gai, gai, gai, légeres
    Bergeres;
    Nuit & jour,
Nargue de l'amour.

LUCAS.

Vous avez raifon.

SUSETTE, *à Lifette.*

Tu nous as promis une ronde.

LUCAS.

Pardi, j'en fais une toute nouvelle, & j'vais
vous la chanter.

JEUNES FILLES, *se prenant par la main.*
Volontiers.

LUCAS.

Air : *Un matin que gros René.*

Aimez-vous, Mamzell' Suson,
   Le son d'la musette ?
Nous allons, à l'unisson,
   Dir' la Chansonnette....
Pardin' ça rend le cœur gai,
Prenez vot' Musette, ô gué !
   Prenez vot' Musette.

JEUNES FILLES.

Prenez, &c.

LUCAS.

En pareil cas, stapendant,
   Faut que l'on finance ;
Mais en baisers, ça s'entend,
   Et j' donne quittance....
Si Monsieur craint d'êt' triché,
Je paîrai d'avance, ô gué !
   Je paîrai d'avance.

JEUNES FILLES.

Je paîrai, &c.

LUCAS.

Mamzell' ça n'est pas de r'fus ;
   Et j' prends un à compte.

Déja

Déja Sufon ne fait plus
  A combien ça s'monte.
Des plaifirs qu'on a d' moitié
Eft-c' que l'on tient compte, ô gué !
  Eft-c' que l'on tient compte ?

JEUNES FILLES.

Eft-c' que, &c.

LUCAS.

Mais voilà que la chanfon
  Plaît à la poulette :
Par ainfi, répond Simon,
  Faut que j'la répéte....
Si ça s'peut, bien obligé,
R'prenés vot'mufette, ô gué ?
  R'prenés vot'mufette.

JEUNES FILLES.

R'prenés, &c.

LUCAS.

On dirait que vous êt'las...
  C'eft ben vrai, ma reine.
Dam'on n'accompagne pas
  Des airs par douzaine.
Quand on a par trop foufflé,
On manque d'haleine, ô gué !
  On manque d'haleine.

JEUNES FILLES.

Quand on a, &c.

B

LISETTE.

Air : *Languedocien.*

Pour entendre la musette,
Bien folle celle qui paîra.
Jamais son mal ne nous prendra.

LUCAS, *s'en allant.*

Eh ! chut, chut, chut, mamzell' Lisette ;
Eh ! chut, chut, chut, Bastien vous dira ça.
(*Lucas sort, l'Amour arrive.*)

LISETTE.

Bastien me dira ça !...

JEUNES GARÇONS, *dans la coulisse.*

Eh ! gai, gai, gai légeres
Bergeres,
Nuit & jour,
Nargue de l'amour.

LISETTE, SUSETTE.

Ho ! Ho !

(*Elles restent confondues à la vue des Jeunes Gar-*
çons qui viennent danser en rond sur le côteau.
Lucas s'arête & monte sur un lit de gazon,
d'où il les excite les uns contre les autres.)

SCENE V.

Les mêmes. BASTIEN, JULIEN, JEUNES GARÇONS.

Bastien.

Air : *Foin de Louison.*

Rions, dansons, eh foin du chagrin
Que donne la tendresse.
Vive le vin,
Le jus du raisin
Vaut mieux qu'une maîtresse.
Sécher pour Lison , ,
Gémir pour Suson ,
Ça n'a ni rime, ni raison.
N'ayons qu'un refrain ,
Et l'verre à la main ,
Gobergeons-nous d'l'enfant malin.

(*Lisette & Susette piquées rassemblent les jeunes
filles avec lesquelles elles dansent sur la reprise
de l'air, ainsi que les jeunes garçons.*)

Lucas, Jeunes Filles, Jeunes Garçons.
Vive le vin , &c.

(*Après ce couplet, les jeunes filles se partagent
en deux files : Susette d'un côté, Lisette de
l'autre.*)

Susette.

Même air.

Certain renard,
D'un œil égrillard ,

B ij

En guétait une grape.
Il vient, il va,
Grimpe ici, mont' là,
Et jamais i'n'l'attrape.
Oui, c'eft du chafs'las,
Difait-il tout bas,
Mais il eft verd, & j'n'en veux pas.
J'en connais ici,
Qui tout comme lui,
Vous font femblant d'en faire fi.

(Pendant ce couplet, les jeunes garçons fe ran-
gent en file & danfent en fe tenant par les mains.
Les jeunes filles en font autant & s'en vont
fur la reprife de l'air : les garçons les fuivent.)

L U C A S.

Le r'nard eft fin,
Et l'amour malin
Le fra mordre à la grape.

JEUNES GARÇONS.	LUCAS.	JEUNES FILLES.
Vive le vin, &c.	Le r'nard eft fin, &c.	Non, le renard, &c.

ACTE II.

SCENE PREMIERE.

BASTIEN, JEUNES GARÇONS.

Air : *Morgué Catau que t'es farouche.*

Ah ! comme elles font en colere !

BASTIEN.

C'en eft affés, & pour bien faire,
Il faut attendre fon retour.

JULIEN, *traverfant le côteau.*

Vite & tôt, je l'vois dans l'bocage.

JEUNES GARÇONS.

Ah ! nous te fuivons...

(*Ils fortent : Lifette arrive fuivie de Sufette & des
jeunes filles.*)

LISETTE.

Suite de l'air.

Bon voyage...
Mais chacun, chacun à fon tour.

SCENE II.

LISETTE, SUSETTE, JEUNES FILLES.

JEUNES FILLES.

Fin de l'air : *Toujours maman me gronde en vain.*

Comment, comment, comment faire
Pour les punir ?
Les haïr, les haïr,
C'eſt trop peu, ma chere.

SUSETTE.

Air : *C'eſt la blonde la plus gentille.*

De leur gaité, de leur outrage,
Pourquoi garder le ſouvenir ?
S'ils ont tenu ce beau langage....

LISETTE.

Nous n'aurions pas dû le ſouffrir.

SUSETTE.

N'aimons jamais que le plaiſir.
C'eſt l'vrai moyen de les punir.

JEUNES FILLES.

Suſette a raiſon.
N'aimons jamais, &c.

SCENE III.

Les mêmes. L'AMOUR.

L'Amour.

Air : *Jupin dès le matin.*

Voulés-vous acheter ?

Jeunes Filles.

Ha !....

L'Amour.

J'ai sans me vanter,
De quoi vous contenter.

Jeunes Filles.
Avancés.

L'Amour.
Voyés, choisissés,
Plus vous en prendrés,
Plus vous me flatterés.
Quintessence d'œillet
Et de muguet,
Alkhalis superfin,
Poudre au jasmin.

Jeunes Filles.
Après....

L'Amour.
Eau de beauté....

Jeunes Filles.
En vérité ?

L'AMOUR.

De tous les côtés j'en ai débité.

Excellentes odeurs...

LISETTE.

Sentés nos fleurs....

L'AMOUR.

Mais...

JEUNES FILLES.

Gardés vos paquets

Et vos secrets,

Nous voulons des attraits

Dont la nature fasse les frais.

(*Pendant cet air, les jeunes filles ont examiné différentes phioles, & Susette en garde une qui lui est tombée sous la main.*)

SUSETTE, *à Lisette.*

Air : *Babet m'a su charmer.*

Comme toi, je dis non,

Mais, ma chere Lisette,

Regarde ce flacon

Et lis en l'étiquette.

LISETTE, *lisant.*

Préservatif contre l'amour.

L'AMOUR.

Rendés, rendés-moi....

LISETTE.

Mais, Monsieur, pourquoi.

L'AMOUR, *la prenant.*

Rendés-moi ma recette.

Vous causeriés trop de tourmens,

Et quand on a vos agrémens,
Un dieu d'amour dans son Printems,
On doit payer sa dette.
(*L'Amour veut resserrer son flacon.*)

LISETTE.

Mais, encor une fois, pour son argent on
est libre.

L'AMOUR.

C'est juste.

LISETTE.

Crois-tu qu'un petit verre nous fasse mal ?

SUSETTE.

Je ne crois pas.

LISETTE.

Et quand on en a bu on n'aime jamais ?

L'AMOUR.

Jamais.

LISETTE.

Et ça empêche-t-il d'être aimée ?

L'AMOUR.

Au contraire.

LES JEUNES FILLES.

Air : *Pour la Baronne.*

Il faut en boire.

L'AMOUR.

De quoi peut-il vous préserver ?

LISETTE.

Mon cœur est sûr de la victoire...
Mais un malheur peut arriver...

LES JEUNES FILLES.

Il faut en boire.

L'AMOUR.

Etes-vous décidées ?

LES JEUNES FILLES.

Très-décidées.

(L'AMOUR, *prend des taſſes dans ſon pannier,
les remplit & les donne aux Jeunes Filles.*)

LISETTE, *à Suſette.*

D'la fermeté.

SUSETTE.

J'n'en manque pas.

JEUNES FILLES, *à l'Amour.*

A vot' ſanté.

L'AMOUR.

Bien obligé.

JEUNES FILLES, *l'une à l'autre.*

A la tienne.

(*Baſtien, Julien & les autres Bergers ſont arrivés
depuis un moment. L'Amour leur faït ſigne de ſe
contenir.*)

LISETTE, *à l'Amour, après avoir bu.*

Air : *Si Mathurin deſſus l'herbette.*

Quelle gaîté ! quelle allégreſſe !
Quand nous reverrons nos Galans.
Braver l'Amour & ſon adreſſe,

SUSETTE.

Ah! c'eſt jouir de deux printems.

LISETTE.

On n'a qu'un cœur, & ſans myſtere

Chaque Fillette perd le sien.
Quelques efforts qu'on puisse faire,
Je garderai toujours le mien.
JEUNES FILLES.
Quelques efforts, &c.

SCENE IV.

Les mêmes. BASTIEN, JULIEN, BERGERS.

LISETTE.

Air : *Finissez donc Mamzell' Fanchon.*

MAIS ça m' fait au dedans de moi,
Ça m' fait tique,
Ça m' fait taque....
JEUNES FILLES.
Oh ! ça m' fait au dedans de moi
Tique, taque, comme à toi.
LISETTE.
Je sens qu' mon esprit
Se trouble....
SUSETTE.
Ça redouble....
L'AMOUR, *aux Bergers.*
Tout est dit.
LISETTE, SUSETTE.
Mais c'est un plaisir ;
D'où peut-il venir ?...
JEUNES FILLES.
Oh ! ça m' fait au dedans de moi,

Ça m' fait tique,
Ça m' fait taque :
Oh! ça m'fait au dedans de moi
Tique, taque, comme à toi.

Air : *Ne m'entendez-vous pas?*
Mais . . . ne m'entends-tu pas ?...
BASTIEN, JULIEN, BERGERS.
J'ai peine à te comprendre....
LISETTE, SUSETTE, JEUNES FILLES.
Le gage le plus tendre....
BASTIEN, JULIEN, BERGERS.
Quel est ce gage ?...
LISETTE, SUSETTE, JEUNES FILLES.
Hélas !...
Mais ne m'entends - tu pas ?
LISETTE, SUSETTE.

Air : *Lorsque j'ai mon Tablier blanc.*
Faut-il donc te le demander ?...
BASTIEN, JULIEN.
Eh bien !.. eh bien !.. il faut céder...
(*Elles donnent un baiser à leurs Amans : les Jeunes*
Filles en font autant.)
LUCAS, *de loin.*
Appuyez....leur affaire est faite.
Gai, tourlourette.
LISETTE.
Mais je ne saurais concevoir....
BASTIEN, JULIEN, BERGERS.
L'Amour couronne notre espoir.

Lisette, Susette, Jeunes Filles.
Quoi ? l'Amour ?...
(*En donnant un second baiser.*)
Notre affaire est faite.
Chœur.
Gai, tourlourette.

SCENE V.

Les mêmes. LUCAS.

Lisette, *à l'Amour.*

Air : *V'la c'que c'est d'aller aux bois.*

Ainsi vous v'nez en tapinois....
L'Amour, Lucas, Bergers.
V'là c'que c'est d'aller aux bois.

Lisette, Susette, Jeunes Filles, *à l'Amour.*
Votre Elixir est trop fournois.
Bergers, *à leurs Maîtresses.*
En s'rais-tu colere ?...
Lisette, Susette, Jeunes Filles.
C'est tout au contraire ;
Et pour jamais j'ai fait mon choix.
Chœur.
V'là c'que c'est d'aller aux bois.
Lucas.
Les Vieilles !.. adieu le reste de la bouteille.
L'Amour.
Bon !

Lucas.

Et ma femme est à leur tête !.. cachons-nous.

(*Bobie & les Vieilles arrivent, chacune avec une tasse à la main.*)

SCENE VI.

Les mêmes. BOBIE, LES VIEILLES.

Bobie, *à l'Amour.*

Air : *Des Fraises.*

Dans ces lieux, mon cher Enfant,
J'étois en ambuscade....

L'Amour.

J'entends, & dans ce moment... (*Il en verse.*)

Les Vieilles.

Vîte, & tôt versez-nous-en
Rasade, rasade, rasade. (*Elles boivent.*)

Bobie.

Même Air.

Ah ! que ce breuvage est doux !...

Les Vieilles.

Déja mon cœur s'agite....

(*Aux Bergers qu'elles veulent embrasser.*)

Mes amis ... approchez-vous ...
Prenez ... prenez ... prenez tous ...

Bergers.

La fuite, la fuite, la fuite.

(*Ils se sauvent, & les Bergeres les suivent. Bastien & Julien se cachent derriere Lisette & Susette.*)

LES VIEILLES.

Même Air.

Comment donc?..(*A l'Amour*) Et toi, méchant!..
Tu ris de mon martyre !
Nous les joindrons à l'inftant. . .
Mais, hélas ! en attendant ,
J'expire, j'expire, j'expire. *(Elles s'en vont.)*

LUCAS.

Oh! parbleu, ma chere femme !...

BOBIE, *revenant fur fes pas.*

C'eft toi !.. tu paîras pour les autres.

LUCAS.

Je m'fauve.

LES VIEILLES.

Nous les joindrons à l'inftant ;
Mais , hélas ! en attendant,
J'expire, j'expire, j'expire.

SCENE VII.

L'AMOUR, LISETTE, SUSETTE, BASTIEN, JULIEN.

Air : *Colin fur un verd gazon.*

LES AMANS.	L'AMOUR.
Par fois fur le verd gafon,	Par fois fur le verd gafon,
Revenés nous faire la leçon.	Je viendrai vous faire la leçon.
Non, non,	Non, non,
Ne nous retirés jamais	Vous ne languirés jamais
Vos charmans bienfaits.	Après mes bienfaits.
Heureux	Heureux
De nos feux,	De vos feux,
Prenons pour modele	Prenés pour modele
La tourterelle.	La tourterelle.
L'aveu de nos parens	L'aveu de vos parens
Va finir nos tourmens,	Va finir vos tourmens,
Et nos moindres defirs	Et vos moindres defirs
Vont être des plaifirs.	Vont être des plaifirs.

*(La Folie arrive en fecouant fa marotte. Lifette &
Sufette fe mettent devant Baftien & Julien qui
cachent l'Amour.)*

SCENE VIII.

SCENE VIII.

Les mêmes. LA FOLIE.

LA FOLIE.

Air : *Languedocien.*

JE regne dans vos forêts ;
Célébrez-y ma marotte :
Je regne dans vos forêts ;
Célébrez-y mes attraits.
De l'inftant que je parais,
On arbore la calotte ;
De l'inftant que je parais . . .
Salut aux fous que je fais.
    Je ris du fage,
        Qui dit :
    On perd l'efprit.
    Mais un beau jour,
        A ma cour
    Il fait féjour.
Sans effort & fans art,
    Par un feul regard
        J'engage.
J'ai dans tous les cantons
Mes petites maifons.

LES QUATRE AMANS.

Par fois fur le verd gazon
Il viendra, &c.

C

 L'Amour & la Folie,

LA FOLIE.

Air : *Margot, Margot, &c.*

Mais, comment ?
D'où vient donc ce changement ?
Quoi ? de la fadeur !
De la langueur !
L'Amour a paru ;
L'auriez-vous reçu ?

L'AMOUR.

Ah ! vraiment
Vous avez du jugement,
Du discernement,
J'en suis content.

LA FOLIE.

Ah ! c'est lui ! . . . .

L'AMOUR.

Oui, c'est moi.

LA FOLIE.

Mais prétends-tu me faire la loi ?
Je regne dans ce séjour
Sans retour.
Pour jamais retourne dans les Cieux ;
Va chercher loin de ces lieux
Les ris, les jeux,
Qui d'ennui font bailler les Dieux. . . .
Eh bien ! . . eh bien ! (*aux Bergeres*) mais je veux
sans courroux,
Je veux lui faire voir les droits que j'ai sur vous.
Vénés, venés, quittés cet enjoleur,
Il ne sait pas où loge le bonheur.

L'Amour, la Folie.

Redoutés, oubliés ses appas.
Le chagrin qui me fuit accompagne ses pas;
Le plaisir qui me suit n'est jamais sur ses pas.

Lisette, Susette.

Non, c'en est fait,
Et sans regret
Pour nos amans
Vrais & constans
Nous quittons la folie.

La Folie, *à l'Amour.*

Le trait est touchant,
Et ton orgueil est triomphant;
Mais ma gaité te pourfuivra,
Te confondra,
Et grace à moi, tout l'univers
Cessera de porter tes fers.

LES QUATRE AMANS.	L'AMOUR, LA FOLIE.
Bouteille, bouteille chérie,	Fillette, fillette jolie,
Non, nón, de la vie,	Songés pour la vie,
Je n'oublirai le bien que tu	Songés au bien que l'Amour
m'as fait.	vous a fait.
Parmi nous l'hymen est fidele,	Parmi vous l'hymen est fidele,
Sa voix nous appelle;	Sa voix vous appelle,
Et ce Dieu discret	Et ce Dieu discret
Tient ce qu'il promet.	Tient ce qu'il promet.

La Folie.

Air: *Une jeune fillette.*

Renvoyons en cadence
Cet honnête fripon :

Un siecle de constance
Vaut-il un rigaudon ?
Non , non.
Au son du tambourin
Soudain
Que l'on se mette en danse.
Vous ne répondés rien....
Fort bien.
L'Amour baisse les yeux
De mieux en mieux.
L'ennui vous tend les bras...
Hélas !
Que l'amour a d'appas ?

(*Les jeunes Garçons & les jeunes Filles paraissent
sur le côteau.*)

<hr>

SCENE IX.

Les mêmes. JEUNES GARÇONS, JEUNES
FILLES.

JEUNES GARÇONS, JEUNES FILLES.

Air : *Sans l'Amour, &c.*

SANS l'amour & sans ses charmes
Tout languit dans l'univers :
Sans l'amour, &c.

LA FOLIE, (*à l'Amour.*)

Air : *Languedocien.*

Et tu crois dans ces hameaux
T'emparer de ma puissance ?

L'Amour.

Malgré vous & vos propos,
J'y fais des sujets nouveaux.

La Folie, *en riant.*

Viens, fuis moi, c'eft en champ clos
Que j'en veux tirer vengeance.

LA FOLIE.   L'AMOUR.

Viens, fuis-moi; c'eft en   Je vous fuis; c'eft en champ
champ clos,   clos,
Que j'amufe mes rivaux.   Que j'exerce mes rivaux.

Jeunes Garçons, Jeunes Filles, *à l'Amour.*

Qu'allés-vous faire ?

Mon cœur

Bat de frayeur.

(*A la Folie.*)

Ah ! laiffés-nous.

L'Amour, *aux Bergers.*

Calmés-vous.

La Folie, *aux Bergers.*

Point de courroux.
Par fon petit jargon

L'Amour a le don

De plaire,

Mais il faut l'effaier

En combat fingulier.

L'Amour, *à la Folie.*

Air : *J'aime le mot pour rire.*

En tête à tête, croyés-moi,
Jamais on ne m'a fait la loi.

LA FOLIE.

Cela vous plaît à dire.

LES QUATRE AMANS.

Ceſſés....

LA FOLIE.

Vous tremblés pour l'Amour...
Je vous promets, à mon retour,
Le petit mot pour rire.

JEUNES GARÇONS, JEUNES FILLES.

Le triſte mot, &c.

LA FOLIE, *à l'Amour.*

Même air.

Dans l'art de l'eſcrime vraiment,
Mars inſtruiſit votre maman....

LES QUATRE AMANS.

Malgré moi, je ſoupire.

LA FOLIE, *aux Bergers.*

Voyons ſi ſon fils en tiendra,
Si dans le cartel il aura
Le petit mot pour rire.

L'AMOUR, LA FOLIE.	JEUNES GARÇONS, JEUNES FILLES.
Voyons ſi	
ſon fils en tiendra,	Dans vos défis, dans vos débats,
Croyés que	
Que dans	
le cartel il aura	Hélas! hélas! je ne vois pas
Si dans	
Le petit mot pour rire.	Le petit mot pour rire.

ACTE III.

SCENE PREMIERE.

LISETTE, SUSETTE, BOBIE, UNE JEUNE
FILLE.

BOBIE.

Air : *De mes moutons le nombre augmente.*

MAIS à quoi bon cette tristesse ?
Un dieu vaut bien une déesse.
Je gage même & l'on verra
Que votre ami l'emportera.
A l'amour qui donne la vie,
Le jour ne saurait être ôté.

JEUNES FILLES.

Ah ! ce combat, mere Bobie,
Ne peut-il pas affaiblir sa santé !

BOBIE.

Air : *On compteroit les diamans.*

Elle ne l'est déja que trop,
Depuis long-tems j'en fais l'épreuve.

LISETTE, à *Susette.*

On la devine à demi-mot,
Et sa jeunesse en est la preuve.

C iv

B O B I E.

Cependant, je m'en apperçoi,
Auprès de vous l'ingrat s'anime,
Et chaque fois que je le voi,
Il me dit qu'il eſt au régime.

B E R G E R S, *dans la couliſſe.*
Air : *Des Pendus.*

Ah ! quel malheur !

B O B I E, J E U N E S F I L L E S.

Quai-je entendu !

S C E N E I I.

Les mêmes. **BASTIEN, JULIEN, PIERROT.**

L E S T R O I S B E R G E R S, *un mouchoir à la main.*

Nous en venons, nous l'avons vu.
L'Amour, ſans caſque & ſans viſiere
S'eſt préſenté dans la carriere...
Et d'un ſeul coup.... quel coup affreux !...

L I S E T T E.

Je tremble.

S U S E T T E.

Je frémis.

U N E J E U N E F I L L E.

Je pâlis.

B O B I E.

Je chancelle.

L E S T R O I S B E R G E R S.

Il a perdu.... perdu les yeux.

Lisette, Susette, une Jeune Fille.

Air: *Dans cette aimable Solitude.*

Ah! que dira fa pauvre mere ?
Que cherchait-il dans ce défert ?
Il nous aborde, il fait nous plaire,
Et vous voyez tout ce qu'il perd.

LES TROIS BERGERS.	LES TROIS BERGERES.
Prends-moi pour guide,	C'était mon guide,
Ton cœur timide	Mon cœur timide
Peut déformais fuivre mes pas.	Allait enfin fuivre fes pas.
Defir m'éclaire,	Douleur amere !
Et fa lumiere	Hélas ! que faire
Vaut bien les yeux qu'Amour	D'un conducteur qui n'y voit
n'a pas.	pas !

BOBIE.

Voilà bien du train pour deux yeux de moins.

LISETTE.

Comment ?

BOBIE.

Air : *On compterait les diamans.*

Vous pleureriez avec raifon,
Si vous aviez perdu les vôtres ;
Mais, entre nous, ce beau garçon
Saura bien en retrouver d'autres.
Oui, nos yeux nous viennent de lui ;
Et, puifqu'il a l'efprit d'en faire,
Ne peut-il pas dès aujourd'hui
S'en procurer une autre paire ?

SCENE III.

Les mêmes. LA FOLIE.

LA FOLIE, *en riant.*

Air : *Guillot près de sa Guillemette.*

Sur ma parole je suis libre,
Mais le hameau veut me juger :
Voilà mon fort en équilibre,
De quel côté va-t-on pencher ?
J'ai le Bédeau pour adversaire ;
Vous l'allez voir en long rabat ;
Et contre lui, dans mon affaire,
Lucas sera mon Avocat.

LISETTE.

Même Air.

D'une maniere bien cruelle
Vous nous contez cet accident.

LA FOLIE.

Du pauvre enfant qui m'interpelle.
J'ai pu hâter l'aveuglement ;
Mais de ce mal, fort ordinaire,
Depuis long-tems il est atteint ;
Et tout l'Empire de Cythère
Est inondé de Quinze-vingt.

(*Sur l'air suivant, arrive l'Amour conduit par des
Vieillards & des Vieilles. Il est précédé des Jeunes
Gens qui portent chacun un tabouret, de Mercure
en Bailli, du Bédeau & de Lucas.*)

SCENE IV.

Les mêmes. L'AMOUR, MERCURE, LUCAS, LE BÉDEAU, BOBIE, VIEILLES, VIEILLARDS, BER-GERS, BERGERES.

La Folie.

Air : *Sous un Ormeau.*

Mais le voici.

Chœur.

Tout le Village en est transi...
Ah Dieux ! quel souci !

L'Amour.

La perfide elle - est ici ?

Chœur.

Oui.

L'Amour.

Procédez, cher Bailli,
C'est en vous que je mets mon appui.

Chœur.

Le crime est inoui ...

Mercure.

Avec moi rien ne reste impuni.

La Folie, *à l'Amour.*

Mon bel ami,
Vous avez un très-grand parti...
Mais ....

MERCURE.

Paix.

LA FOLIE.

J'ai choisi.

Vous plaiderez contre lui (*Montrant le Bédeau*).

CHŒUR.

Oui.

(*Pendant cet air, les Jeunes Garçons mettent un siege dans le milieu, & trois de chaque côté. Sur les aîles, ils en placent un pour l'Amour, & l'autre pour la Folie.*)

MERCURE.

Air : *Tout le long du bois.*
Les plaignans
Sont ici préfens;
Or donc, fans furfeoir,
Il faut nous affeoir.
Hi, hi,
Dans c'coin-ci,
Ha, ha,
Dans c'coin-là,
Et tout autour de moi, ta, là, là, là, là, là, là, là, &c.

(*Mercure fe place au milieu, les Vieillards fur les côtés, la Folie & l'Amour l'un vis-à-vis de l'autre. Les Jeunes Filles reftent auprès de celui-ci; les Garçons entourent la Folie; les Vieilles fe mettent derriere Mercure qui fait figne au Bédeau de commencer.*)

LE BEDEAU, *après avoir fait un grand salut.*

Air : *Ah ! si vous aviez vu M. de Catinat.*

L'Amour eſt ſouverain de la terre & du ciel ;
Or, il eſt, quand on regne, un point eſſentiel ;
Et ce point eſt d'avoir un intellectuel,
Qui ſoit toujours guidé par un ſens viſuel.

LUCAS, *montrant l'Amour.*

Air : *Il a voulu.*

Il ne l'a pas ;
Mais en ce cas
Voici ce qu'il faut faire....

LE BEDEAU.

Quand j'aurai dit, tu parleras.

MERCURE.

Tout doux, Meſſieurs les Avocats.

LUCAS.

Oui, dans ce cas....

MERCURE.

Maître Lucas,
La Cour vous dit d'vous taire.

LE BEDEAU.

Air : *Et j'y pris bien du plaiſir.*

Trop honnête pour médire
Des vertus de nos cinq ſens,
Je ſais que pour nous conduire
Ils ne ſont pas ſuffiſans.
Dieux & Rois, ſans en rabattre,
Devraient en avoir un cent.
L'Amour n'en a plus que quatre....
Jugez.... de ſon jugement.

LUCAS.

Il est notoire....

LE BEDEAU.

Il est certain....

MERCURE.

Fin de l'air de la découpure.

Revenons, revenons à nos moutons....

LA FOLIE, *montrant le Bédeau.*

L'Orateur abuse,
Mais sa Robe est son excuse.

MERCURE.

Revenons, revenons à nos moutons,
Propos d'Avocats ne font pas des raisons.

LE BEDEAU.

Air : *C'est la fille à Simonette.*

Or donc, je reprends mon thême;
Et d'après mon énoncé,
Je dis que de ce jour même
L'honneur même est renversé.
Oui, si l'Amour suit sa route,
Les Maris vont être à bout;
Et comme il n'y verra goutte,
Il voudra toucher à tout.

Air : *Courant d'la Blonde à la Brune.*

Il abufera les peres
Dont la race augmentera;
Il aveuglera les meres
Qu'un Galant ruinera.
Sans remede,
Belle ou laide

Sur ſes pas s'égarera.
La juſtice aura pour deviſe :
La Beauté gagnera.
Le Financier,
Le Guerrier,
Le Robin,
Le Marin,
Tous enfin,
Le ſuivront,
Et feront
Sottiſe ſur ſottiſe.

MERCURE.

Concluez.

LE BEDEAU.

Air : *Vous avez bien de la bonté.*

Je tire ma concluſion
Du mal qui nous menace ;
Et je prétends que l'action
Eſt hors de toute grace.
Or, la peine du Talion
Me paraît encor trop légere,
Mais néceſſaire.

LA FOLIE, *faiſant la révérence.*

Monſieur, en vérité,
Vous avez bien de la bónté.

LUCAS.

J'en appelle.

LE BÉDEAU.

Je retorque.

MERCURE.

Je vous déboute . . . à vous, Maître Lucas.

LUCAS, *après avoir fait un grand salut.*

Air : *De la pantoufle.*

Faut êt' juste en tout,
L'Amour n'a que c'qui'mérite,
Faut êt' juste en tout,
Il a mis madame à bout.

MERCURE.

Prouvés.

LA FOLIE, LUCAS.

Air : *Le Roi boit.*

Il ravit à $^{mes}_{fes}$ sujettes
Et leur cœur & leur gaité ;
Oui , déjà de ces retraites
Les plaifirs ont déferté.

L'AMOUR, LE BEDEAU.	LA FOLIE, LUCAS.
Je vais prouver le contraire.	Ofés dire le contraire.
MERCURE.	LUCAS.
Morbleu craignés ma colere.	Écoutés ma phrafe entiere.

ENSEMBLE.

Jamais on ne s'entendra.

MERCURE.	LES AUTRES.
Paix, paix là,	Alte là,
Oui, paix là,	Alte là ,
Oui , paix là.	Alte là.

LUCAS.

Air : *Il n'eft point de bonne fête.*
Deux yeux font toujours d'mife ,
Ça fert beaucoup pour y voir.

Près

Près de l'objet qu'on courtife,
C'eft un plaifir d'en avoir.
Au jour, comme à la lumiere
Faut s'en fervir....

LE BEDEAU.

Diftinguo.

LUCAS.

Mais un dieu n'en a que faire.

LE BEDEAU.

Parbleu *nego.*

LUCAS.

Air : *Du pas redoublé de l'infanterie,*
Nigaud vous-même, & cœtera.....
Mais j'en r'viens à ma glofe,
Et j'dis qu'à s't'aveuglement là
On gagn'ra quelque chofe.
L'Amour voyant, allait prenant
Et la blonde & la brune,
L'Amour aveugle & tatonnant
En manquera plus d'une.

LE BEDEAU.

Air : *Quand j'étais Moufquetaire.*

D'un mot v'la que j'infirme
La vérité qu'il affirme....

LUCAS.

D'un mot, je la confirme,
Et par devant experts
J'appers
Que l'bedeau voit d'travers.

D

Plus l'œil trouv' de quoi plaire,
Plus la main d'vient téméraire,
Par la raison contraire,
Moins on voit, moins **on prend**
vraiment.

LE BEDEAU.

On lit dans la *Malice des Filles,* chapitre VI...

LUCAS.

Le grand *Albert...*

MERCURE.

Terminés.

LUCAS.

Même air.

L'hymen, malgré l'usage,
Ayant seul droit de passage,
Fillette sera sage,
D'où j'conclus sur le fait
Tout net,
Qu'ma partie a bien fait.
Parquoi, loin d'êt'punie,
Faut vraiment qu'on la r'mercie,
Si l'on me contrarie,
J'dirai qu'c'est mal jugé
morgué. (*Il fait un salut & s'assied.*)

L'AMOUR.

Mal jugé !

LE BEDEAU.

Je replique.

MERCURE.

Silence... de quel avis est Thomas ?

THOMAS, *après avoir fait un grand salut.*

Du votre.

MERCURE.

Du mien?

THOMAS.

Et par les mêmes raisons.

MERCURE.

Je n'ai rien dit.

THOMAS.

Je suis incorruptible, & je n'en démordrai pas.
(*Il salue & s'assied.*)

MERCURE.

A merveille... mais finissons... Guillaume,
Pierre, Simon, Lubin, Germain....

LES VIEILLARDS, *après avoir salué.*

De l'avis de Thomas.

MERCURE.

Et par les mêmes raisons?
(*Les vieillards répondent oui par signe.*)

LUCAS.

J'ajoute....

LE BEDEAU.

Je réponds que....

MERCURE.

Air : *Du menuet d'Exaudet.*

Avocats,

Vos débats

M'étourdissent,

Mais de mes quatre assistans,

Riches en argumens,

D ij

Les raisons m'enhardissent.
    Moins profond
    Sur le fond
    De la cause,
Un autre l'appointerait,
  Moi, je décide net
    La chose.
L'Amour, qui n'y voyait guere,
N'y voit plus, la preuve est claire,
    L'insensé
    A cassé
    Sa lisiere,
Or, comme à rien il ne tient,
  Voici ce qu'il convient
    De faire.
    J'ai suivi,
    J'ai servi
    La folie,
Elle a de charmans excès,
  Mais son dernier accès
  Passe la raillerie,
    D'après quoi,
    Vu la loi,
    Je décide
Qu'au Dieu, quand il marchera,
  La dame servira
    De guide.

        L'AMOUR.

    Air : *Il était une fille.*
Oh ! ciel ! moi qui suis sage...

LA FOLIE.

Moi qui l'étais aussi....

LE BEDEAU.

Je plaiderai.

MERCURE.

Point de souci.....

L'augufte aréopage
Que j'ai pris pour appui,
Comme moi, dit-il oui ?

CHŒUR.

Oui.

LE BEDEAU.

Air : *Etes-vous de Chantilly.*

Il n'en fera pas ainfi.

MERCURE.

Vraiment, mon compere
Si.

Un juge ne peut mal faire,
Sur-tout lorfque je l'éclaire....

(*On entend un coup de tonnerre, Mercure ouvre fa
robe & montre fon caducée.*)

CHŒUR.

Quel bruit !.. quel Bailli !

MERCURE.

Air : *Du haut en bas.*

Du haut en bas
Nous vous avons fuivis à vue,
Du haut en bas,
Nous avons lorgné vos débats.

 L'Amour & la Folie,

(A l'Amour.)

Si Mars ne l'avait retenue,
Votre Maman ferait venue
Du haut en bas.

Air : *Au coin du feu.*

Son regard qui s'enflame,
Son oreille & son ame,
Tout est en jeu.
Au coup qu'elle redoute,
Elle perce la voûte
Et crie au feu.

Air : *Tout roule aujourd'hui dans le monde.*

On court, on s'affemble, on difpute
Sur le préfent événement ;
On parle, on s'échauffe, on refute,
Plus on en dit, moins on s'entend.
Jupin fait le figne d'ufage,
Il juge, Thémis applaudit ;
Et moi, je viens dans ce village
Me faire honneur de fon efprit.

Air : *Accompagné de plufieurs autres.*

Le vôtre me faifait trembler,
Il s'agiffait de l'égaler ;
Et pour briller à l'Audience,
J'ai pris de votre gros Bailli,
Pour vingt-quatre heures affoupi,
L'habit, les traits & l'éloquence.

CHŒUR.

Air : *Peuples, chantez le Soleil.*

Honneur, honneur au Courrier....

LA FOLIE, à *l'Amour.*

Mon ami, que vous en femble ?...

CHŒUR.

Honneur, honneur au Courier
Que Jupin daigne envoyer.

L'AMOUR, à *la Folie.*

J'aurais tort de m'étonner
De l'arrêt qui nous raffemble.

LA FOLIE, MERCURE.

Nous favions nous deviner.
  nous devions
Et   vivre enfemble.
  vous deviez

CHŒUR.

Honneur, honneur au Courrier
Que Jupin daigne envoyer.

L'AMOUR, à *la Folie.*

Air : *d'Allemande.*

Mais Vénus vous attend.

LES QUATRE AMANS.

Un moment.

MERCURE.

Mercure vous entend.

LES QUATRE AMANS, *à l'Amour.*

Nos cœurs comptent fur vous.

L'AMOUR.

Oui, vous ferés époux.

VIEILLES, VIEILLARDS.

Ces Bergeres n'ont rien....

L'AMOUR.

Je fais quel eft leur bien.

VIEILLES, VIEILLARDS.

Vot' pouvoir eft divin ;
Mais enfin....

(*La Folie fecoue fa marotte; les Vieilles & les
Vieillards fe mettent en gaîté. Ceux-ci prennent
la main des Jeunes Filles; & les Vieilles, celles
des Jeunes Garçons.*)

CHŒUR.

Air : *Eh ! gai, gai, gai, &c.*

Eh ! gai, gai, gai, mon Officier,
La Folie
Eft jolie ;
Eh ! gai, gai, gai, mon Officier,
V'là d'quoi vous d'fennuyer.

VIEILLES, VIEILLARDS, *aux Jeunes.*

J'époufe ta jeuneffe.

JEUNES GARÇONS, JEUNES FILLES.

J'accepte votre bien.

VIEILLES, VIEILLARDS.
Céde au feu qui me preffe.

JEUNES GARÇONS, JEUNES FILLES.
L'Amour n'y perdra rien.

CHŒUR.
Eh ! gai , gai , gai , &c.

MERCURE, *à l'Amour & à la Folie.*

Ah ! comme d'âge en âge ,
Vous ferez radoter.
(*Aux quatre Amans.*)
L'exemple vous engage :

MERCURE, L'AMOUR, LA FOLIE, LES AMANS.
Il faut en profiter.

CHŒUR.
Eh ! gai , gai , gai , &c.

LISETTE, *à l'Amour.*
Souv'nez-vous en voyage
Du nom de not' hameau ;
Et par fois au bocage
Rapportez-nous d'vot' eau.

CHŒUR.
Eh ! gai , gai , &c.

LUCAS.
Par vot' étourderie
V'là qu' vous allez briller ;
De vot' nouvelle Amie
C'eft l'unique métier.

CHŒUR.
Eh ! gai , gai , &c.

L'AMOUR.

Si mon Guide m'égare ,
N'en soyez point surpris.

LA FOLIE.

La raison est si rare ,
Qu'elle en est hors de prix.

CHŒUR.

Eh ! gai , gai , &c.

(*A chacun de ces Refrains , tout le Village fait des revérences à l'Amour & à la Folie qui s'éloignent peu-à-peu , depuis le premier Couplet.*)

F I N.

Lu & approuvé pour la représentation & pour l'impression.
A Paris , le 29 *Décembre* 1781.   SUARD.

Vu l'approbation , permis de représenter & imprimer.
A Paris , ce 29 Décembre 1781.   LE NOIR.

DE L'IMPRIMERIE DE VALADE.

Pieces de M. Cuinet d'Orbeil.

L'Automate, Comédie,   1 l. 4 f.
Ariane abandonnée, Mélodrame; mufique de M. Benda,
                                                                    15 f.

Piece de M. Imbert.

Les deux Sylphes, Comédie,   1 l. 4 f.

Piece de M. Moline.

L'Inconnue perfécuté, Comédie, avec la mufique de M. An-
    foffi,   1 l. 16 f.

Percy, Tragédie, traduite de l'Anglois,   1 l. 10 f.

Pieces de M. de Marmontel.

Silvain, Comédie; mufique de M. Grétry,   1 l. 4 f.
Le Huron, Comédie,   1 l. 10 f.
Lucille, Comédie,   1 l. 4 f.

Théatre de M. Mercier, 2 vol. *in-*8. fig.   4 l.
Le même ouvrage, 2 vol. *in* 12.   1 l. 16 f.
Ces deux volumes contiennent : Jénneval ou le Barnevelt
    François, Drame en cinq actes.
Le Déferteur, Drame en cinq actes.
Olinde & Sophronie, Drame en cinq actes.
L'Indigent, Drame en cinq actes.
Le faux Ami, Drame en trois actes.
Jean Hennuyer, Drame en cinq actes.
Tous ces Drames fe vendent féparément.

Théatre.

Théatre de Moliere, 8 vol. *petit in-*12, *relié.*   16 l.
———— de Racine, 3 vol. *in-*12, *veau.*   6 l.
———— de Regnard, 4 vol. *petit in-*12.   8 l.
———— de Crébillon, 3 vol. *petit in-*12.   6 l.
———— de Quinauld, 5 vol. *in-*12.   15 l.

Recherches fur l'époque de l'Equitation & de l'ufage des chars
    équeftres chez les Anciens, où l'on montre l'incertitude
    des premiers tems hiftoriques des Peuples ; par le P. Ga-
    briel Fabricy, 2 vol. *in-*8. *broché.*   4 l.

*L'on trouve chez le même Libraire, un affortiment de Pieces
de Théatres, tant de la Comédie Françoife que des Italiens,
& toute forte de livres, tant neuf que de hafard.*